CONOZCAMOS *LAS ESPECIES MARINAS*

¿QUÉ SON LOS MAMÍFEROS MARINOS?

JOSIE KEOGH

Britannica®
Educational Publishing

IN ASSOCIATION WITH

ROSEN
EDUCATIONAL SERVICES

Published in 2017 by Britannica Educational Publishing (a trademark of Encyclopædia Britannica, Inc.) in association with
The Rosen Publishing Group, Inc.
29 East 21st Street, New York, NY 10010

Distributed exclusively by Rosen Publishing.
To see additional Britannica Educational Publishing titles, go to rosenpublishing.com.

First Edition

Britannica Educational Publishing
J.E. Luebering: Executive Director, Core Editorial
Mary Rose McCudden: Editor, Britannica Student Encyclopedia

Rosen Publishing
Nathalie Beullens-Maoui: Editorial Director, Spanish
Ana María García: Editor, Spanish
Alberto Jiménez: Translator
Bernadette Davis: Editor, English
Nelson Sá: Art Director
Brian Garvey: Designer
Cindy Reiman: Photography Manager
Sherri Jackson: Photo Researcher

Library of Congress Cataloging-in-Publication Data

Names: Keogh, Josie, author.
Title: What are sea mammals? / Josie Keogh.
Description: First edition. | New York : Britannica Educational Publishing in association with Rosen Educational Services,
2017. | Series: Let's find out! Marine life | Audience: Grades 1 to 4. | Includes bibliographical references and index.
Identifiers: LCCN 2016023861| ISBN 9781508105046 (library bound : alk. paper) | ISBN 9781508105022 (pbk. : alk. paper) |
ISBN 9781508105039 (6-pack : alk. paper)
Subjects: LCSH: Marine mammals—Juvenile literature.
Classification: LCC QL713.2 .K46 2017 | DDC 599.5—dc23

LC record available at https://lccn.loc.gov/2016023861

Manufactured in China

Photo credits: Cover, p. 1, interior pages background image Willyam Bradberry/Shutterstock.com; p. 4 © outdoorsman/
Fotolia; pp. 4–5 © Nicolas Larento/Fotolia; p. 6 Colors and Shapes of underwater world/Moment/Getty Images; p. 7 Danita
Delimont/Gallo Images/Getty Images; p. 8 Werner Van Steen/The Image Bank/Getty Images; pp. 9, 21 Encyclopædia
Britannica, Inc.; p. 10 Nagel Photography/Shutterstock.com; pp. 10–11 Dan Kitwood/Getty Images; p. 12 Jan Zoetekouw/
Hemera/Thinkstock; p. 13 Matt9122/Shutterstock.com; p. 14 © Photos.com/Thinkstock; p. 14–15 jamirae/iStock/Thinkstock;
p. 16 © Marcel Hurni/Fotolia; p. 17 © deserttrends/Fotolia; p. 18 James Watt/U.S. Department of the Interior; p. 19 Francisco
Erize/Bruce Coleman Ltd.; p. 20 Jeff Foott; p. 22 Therese Flanagan/Moment/Getty Images; p. 23 Wayne R Bilenduke/Stone/
Getty Images; p. 24 David Courtenay/Oxford Scientific/Getty Images; p. 25 Shane Anderson/NOAA; p. 26 Timothy Allen/
Photonica World/Getty Images; p. 27 Andrew Lichtenstein/Corbis Historical/Getty Images; p. 28 © corepics/Fotolia; p. 29 ©
Lisa Lubin - www.llworldtour.com(A Britannica Publishing Partner).

Contenido

LA VIDA EN EL OCÉANO

Mientras que los peces pueden pasar toda la vida bajo el agua, las ballenas tienen que salir a la superficie para respirar. Esto se debe a que las ballenas, a diferencia de los peces, son mamíferos.

Un mamífero es un animal que respira aire, tiene columna vertebral y presenta pelo en algún momento de su vida. Además, las hembras producen leche para sus crías. Los animales de este grupo

Las ballenas jorobadas son mamíferos marinos y buenas acróbatas. A menudo saltan fuera del agua y arquean el lomo hacia atrás cuando caen.

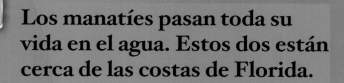

Los manatíes pasan toda su vida en el agua. Estos dos están cerca de las costas de Florida.

están entre los más inteligentes de todos los seres vivos. Nosotros también formamos parte de él. Los mamíferos que viven en el océano se llaman *mamíferos marinos*. Son ejemplos de ellos las ballenas, las focas, los leones marinos, las morsas, los manatíes, los osos polares y las nutrias marinas. Algunos, como las ballenas, están toda la vida en el agua; otros, como los osos polares, pasan parte del tiempo en tierra.

COMPARA Y CONTRASTA

Las ballenas y los tiburones viven en el océano, pero las ballenas son mamíferos y los tiburones, peces. Busca en qué se parecen y en qué se diferencian.

¿Qué hace un mamífero?

Los mamíferos son los únicos animales que fabrican leche para alimentar a sus crías. La hembra tiene unas **glándulas** especiales llamadas *mamarias* que producen leche para alimentar a las crías hasta que estas crecen lo suficiente y pueden buscar alimento por su cuenta.

Vocabulario

Las **glándulas** son órganos internos que fabrican y segregan sustancias como sudor, leche o saliva.

Este manatí bebé está tomando la leche de su madre. Las madres y sus crías se comunican con sonidos como gorgeos, chillidos y gruñidos.

Como la leche de los mamíferos marinos contiene mucha grasa, las crías crecen enseguida.

Todos los mamíferos presentan pelo en alguna etapa del desarrollo. Algunos de los mamíferos tienen más pelo que otros. Por ejemplo, el espeso pelaje de las nutrias marinas mantiene su calor corporal en las frías aguas donde viven. Por el contrario, el pelo de los ballenatos se cae poco después del nacimiento, porque guardan el calor gracias a su gruesa capa de grasa. Otros mamíferos marinos, como las focas, disponen tanto de pelo como de grasa corporal.

Las nutrias marinas tienen la piel más espesa de todos los animales. Por debajo tienen una capa de pelo corto y otra capa más larga encima.

Los mamíferos son animales de sangre caliente, es decir, capaces de mantener más o menos su temperatura corporal sea cual sea la de su entorno. Por esta razón, los mamíferos marinos habitan en aguas con variedad de temperaturas.

Todos los mamíferos respiran aire y aprovechan el oxígeno que contiene para fabricar la energía que necesitan, pero los marinos son capaces de almacenar oxígeno, lo que les permite contener la respiración bajo el agua durante largo tiempo. Sin embargo, necesitan subir a la superficie

Algunos mamíferos marinos viven solos, otros, como las morsas viven en grupos. Los animales que viven en grupo son sociales.

CONSIDERA ESTO:

El cachalote puede contener la respiración bajo el agua unos 90 minutos. ¿Cuánto puedes tú?

para respirar.

Los mamíferos en general tienen un cerebro muy desarrollado, por lo que aprenden de la experiencia y modifican, si es necesario, su comportamiento. Se sabe que las ballenas están entre los animales más inteligentes.

El cachalote, de cabeza y cuerpo enormes, puede sumergirse a gran profundidad para comer el calamar gigante.

sperm whale
(*Physeter catodon*)
length up to 19 m (62 ft)

3 metres
9 feet

9

BALLENATOS, OSEZNOS Y CRÍAS

Los mamíferos marinos se reproducen apareándose, después de lo cual el feto se desarrolla en un órgano interno de la hembra llamado *útero*. En el útero, el feto recibe alimento a través del cuerpo materno.

La gestación, o el tiempo que la madre lleva el feto en el útero, varía según la especie. Para casi todas las ballenas es de 9 a 12

La mayoría de mamíferos marinos tiene un bebé cada vez. A menudo, los osos polares tienen dos crías.

meses. Normalmente los mamíferos marinos tienen una sola cría.

Las crías de las ballenas se llaman *ballenatos* y las de los osos polares, *oseznos*. En los demás casos se suelen denominar simplemente *crías*. Como ocurre con todos los mamíferos, los marinos aprenden muchos comportamientos de sus padres.

COMPARA Y CONTRASTA

Las ballenas y los manatíes nacen bajo el agua; las focas, las morsas y los osos polares, en tierra. ¿Qué ventajas ofrece cada lugar?

Las crías de las focas nacen en tierra. Van al mar cuando pueden nadar y mantener su temperatura en el agua.

LA FAMILIA DE LAS BALLENAS

Las ballenas pertenecen a un orden (grupo numeroso de animales) llamado *Cetacea*. Los delfines y las marsopas también son cetáceos. La gente confunde a veces al delfín con la marsopa, pero el delfín suele ser más grande y tiene el hocico más largo y puntiagudo. Viven en los océanos de todo el mundo. Las especies mayores migran

Hay seis especies de marsopas, que incluyen la marsopa Dall, la marsopa de la costa y la marsopa sin aletas.

recorriendo largas distancias. Nadan con rapidez, ayudadas por la forma de su cuerpo y por la cola, o aleta caudal, que mueven de arriba abajo. La cola se divide en dos amplias secciones llamadas *lóbulos*. Para estabilizarse y virar, utilizan las aletas pectorales.

Hay dos clases básicas de ballena: la dentada y la barbada. La primera dispone de afilados dientes y come peces y calamares. Entre sus 70 especies están los cachalotes, belugas, orcas, narvales y calderones. Los delfines y las marsopas también pertenecen a este grupo.

Los delfines nariz de botella, que tienen una gran nariz, viven en los océanos de todo el mundo.

La ballena barbada engloba unas 10 especies, entre ellas: la ballena azul y la gris, el rorcual común y el norteño, la ballena jorobada y la franca. En lugar de dientes, en la mandíbula superior presentan láminas en forma de espada (llamadas

La ballena azul es el animal más grande de la Tierra. Esta ballena está emergiendo para respirar.

barbas o *ballenas*) cuyo borde inferior deshilachado sirve para atrapar la comida. Se alimentan mientras nadan con la boca abierta o al tragar agua. Entonces las láminas actúan como un colador, dejando salir el agua, pero reteniendo pequeños peces, camarones y otras criaturas.

Las ballenas emiten gran cantidad de sonidos, como silbidos, chasquidos o gritos, para comunicarse entre sí.

COMPARA Y CONTRASTA

La ballena toma aire a través de dos orificios, llamados *espiráculos*, situados sobre la cabeza. ¿En qué se distingue su forma de respirar de la nuestra?

Las dentadas hacen un ruido especial para localizar objetos que no pueden ver; tal sonido rebota en las superficies sólidas y regresa a sus sensitivos oídos. Este proceso se llama *ecolocación*.

Las orcas, también conocidas como ballenas asesinas, tienen dientes.

15

FOCAS Y MORSAS

En términos generales, las focas se dividen en dos clases: con y sin orejas. Todas tienen oídos, pero en el primer caso las orejas son visibles, y en el segundo, no. Entre las focas con orejas están los leones marinos, cuyo cuello grueso y peludo se

VOCABULARIO

Visible es lo que se puede ver.

Estos leones marinos están en las islas Galápagos. Casi todos los leones marinos viven en el océano Pacífico.

parece a la melena de un león, y los osos marinos, que son famosos por su espeso pelaje. La foca está emparentada con la morsa, que es similar a una foca grande pero con dos largos colmillos que cuelgan de su mandíbula superior.

En lugar de patas, las focas y las morsas tienen dos pares de aletas que las ayudan a nadar. Las focas con orejas y las morsas pueden girar la aleta caudal debajo del cuerpo, lo que les permite corretear cuando están en tierra. Las focas sin orejas no pueden hacer lo mismo, por lo que se desplazan reptando sobre la barriga o impulsándose con las aletas pectorales.

Aunque hay focas por todo el mundo, abundan más en los mares cercanos a los polos. Algunas especies gustan del mar abierto y otras prefieren la costa. Todas pasan cierto tiempo en islas, playas o láminas de hielo, pero crían en tierra.

Hay más de treinta especies de focas. Esta es una foca monje hawaiano; estas focas viven en las aguas de Hawái.

CONSIDERA ESTO:

Los machos de las focas luchan a menudo entre sí para defender su derecho de aparearse con las hembras. ¿Cómo crees que pelean estos animales?

El macho de la morsa del Pacífico, más grande que la hembra, tiene largos colmillos.

Se alimentan sobre todo de peces, aunque algunas también comen moluscos, crustáceos y calamares. El leopardo marino de la Antártida caza pingüinos y otras focas.

Las morsas, que viven en los fríos mares árticos de Europa, Asia y Norteamérica, consumen sobre todo almejas que extraen con sus colmillos del fondo marino. Tras desenterrarlas, las arrastran hacia su boca mediante los bigotes. Habitan en colonias que llegan a reunir más de 100 individuos. Pasan la mayor parte del tiempo en el mar, pero a veces descansan sobre hielo o islas rocosas.

Manatíes y dugongos

Los manatíes y los dugongos se parecen mucho porque son parientes cercanos. Sin embargo, los manatíes tienen la cola aplanada y redondeada, y los dugongos, como las ballenas y los delfines, la tienen bilobulada (de dos lóbulos) y con el borde dentado.

Ambos viven en aguas litorales cálidas. Los dugongos viven en los océanos Índico y Pacífico, y la mayoría de los

Los manatíes del Caribe, como este, se encuentran en Florida y las Indias Occidentales.

dugong
(*Dugong dugon*)
average length 2.7 m (9 ft)

Los dugongos tienen narices anchas con cerdas o pelo espeso.

manatíes, en el Atlántico. Algunos manatíes también habitan en el río Amazonas en Sudamérica.

Los manatíes y dugongos son animales pacíficos, de movimientos pausados. A diferencia de otros mamíferos marinos, estos son herbívoros (comen plantas). Empujan la comida hacia la boca mediante las aletas pectorales.

Los manatíes viven solos o en pequeños grupos familiares. Los dugongos suelen estar solos o en pareja, aunque en ocasiones se han visto colonias de 100 a 200 miembros.

COMPARA Y CONTRASTA

Los manatíes y los dugongos tienen mucho en común. ¿En qué se parecen? ¿En qué se diferencian?

Osos polares

Estos osos viven, como su nombre indica, en las regiones polares: el Ártico y la Antártida, por lo que pasan mucho tiempo sobre mar helado. Pueden viajar largas distancias sobre los bloques de hielo que van a la deriva por las aguas polares.

La mayoría

Además de ser excelentes nadadores, los osos polares son poderosos cazadores sin depredadores naturales.

CONSIDERA ESTO:

¿Por qué al oso polar le viene bien su blanco pelaje?

viven solos. Comen principalmente mamíferos marinos, en especial focas. Aunque son buenos cazadores, también se alimentan de peces muertos, ballenas varadas e incluso basura. Cazan tanto sobre el hielo como en el agua. Nadan bien, pero de forma inusual: solo mueven las patas delanteras.

En invierno, la osa polar tiene a sus crías en un refugio que excava en el hielo. Tiene de uno a cuatro oseznos, a los que da de mamar durante dos años. Tras el destete, los oseznos se quedan con ella unos años, hasta que están listos para aparearse.

Las crías de los osos polares pasan sus primeros meses en el refugio. Solo salen cuando llega la primavera.

Nutrias marinas

Las nutrias marinas están bien adaptadas a la vida oceánica. Sus patas palmeadas son buenas para nadar y, a diferencia de muchos animales, beben agua salada sin problemas, por lo que pueden pasar varios días seguidos en el mar.

Viven a lo largo de la costa del Pacífico de Norteamérica. Suelen ser solitarias, pero a veces se las ve en grupo.

Esta nutria marina se está comiendo un erizo de mar. Para ella, los erizos marinos son una importante fuente de alimento.

Las nutrias marinas son fundamentales para la vida del kelp, una clase especial de alga marina que crece en la costa oeste de Norteamérica.

De hecho, en la costa de Alaska se han visto colonias de 2,000 individuos. De noche duermen sobre la tierra o flotando cerca de masas de algas. Se alimentan de erizos de mar, cangrejos, moluscos y peces. Suelen comer flotando de espaldas y, a menudo, utilizan piedras para romper los cangrejos y los moluscos; para romper los erizos, se sirven de las patas delanteras y de los dientes. Las hembras paren en el agua una sola cría, que depende de seis a ocho meses de su madre.

Amenazas para los mamíferos marinos

La gente lleva miles de años cazando mamíferos marinos por su carne, su piel, su pelaje y su grasa. Algunas especies de ballenas grandes están amenazadas o en peligro de extinción. Las especies de nutria marina y de foca cazadas por su pelaje también peligran. En el siglo XX, ciertos países promulgaron leyes para proteger a los mamíferos marinos, lo que ha permitido el resurgir de estos animales.

Las curtiembres son lugares donde se procesa la piel de los animales. El cuero es uno de los muchos productos por los cuales se cazan los animales.

A pesar de eso, la gente sigue haciendo cosas que los afectan. Los manatíes resultan a veces heridos o muertos por las hélices de los barcos. A todos los mamíferos marinos les perjudica la contaminación, que puede enfermarlos y acabar con los animales o plantas que les sirven de alimento. Los derrames de petróleo son especialmente dañinos para las nutrias, ya que cuando su pelaje se cubre de petróleo, no las aísla del frío.

La contaminación afecta a los mamíferos marinos, como a este delfín.

CONSIDERA ESTO:

Una de las formas de luchar contra el calentamiento global e conducir menos. ¿Qué otras cos se te ocurren para combatirlo?

La plantas que producen energía contribuyen al calentamiento global.

El calentamiento global —el lento aumento de la temperatura media de la Tierra— también causa problemas. Al quemar petróleo, gas o carbón para dar energía a las fábricas, conducir automóviles o producir electricidad, se despiden gases a la atmósfera que, al atrapar el calor del Sol, aumentan la temperatura de la superficie. Cuanto mayor es la cantidad de estos gases, más calor solar queda atrapado.

El aumento de temperatura provoca el deshielo de los

El derretimiento de los glaciares podría producir cambios en la temperatura y en las corrientes de los océanos.

polos, y cuanto menos hielo hay, menos espacio tienen los osos polares para cazar y aparearse. Además, el nivel del mar sube y el agua se calienta, lo que pone en peligro toda la vida oceánica. Se necesita trabajar en equipo para mejorar el entorno y salvaguardar los mamíferos marinos.

Glosario

aleta Miembro ancho y aplanado (como el de una foca o una ballena) que sirve para nadar.

aleta caudal Aleta situada en la parte trasera. Cola.

atmósfera Masa de aire que rodea la Tierra.

degradar Disminuir las características o cualidades de algo.

destete Momento en que un mamífero deja de mamar.

ecolocación Cálculo de la distancia a un objeto lejano o invisible, según el tiempo que tarda en volver al emisor la onda acústica reflejada en el objeto.

erizo de mar Animal marino redondeado y con púas que vive en el fondo oceánico.

especie Conjunto de seres del mismo tipo que recibe un nombre concreto.

grasa Sustancia untuosa que protege el cuerpo y constituye su reserva de energía.

lóbulo Cada una de las dos partes de la cola bilobulada de ballenas o dugongos.

órgano Parte del organismo, consistente en células y tejidos, especializada en una función.

oxígeno Gas que se encuentra en el aire y es necesario para la supervivencia de animales y plantas.

palmeados En los animales, dedos unidos por una membrana.

temperatura Medida de lo caliente o lo frío que está algo.

30

Para más información

Libros

Butterworth, Christine. *See What a Seal Can Do* (Read and Wonder). Somerville, MA: Candlewick Press, 2015.

Lourie, Peter. *The Manatee Scientists: Saving Vulnerable Species* (Scientists in the Field Series). Boston, MA: HMH Books for Young Readers, 2016.

Marsh, Laura. National Geographic Readers: *Sea Otters*. Washington, DC: National Geographic Children's Books, 2014.

Pringle, Laurence. *Whales!: Strange and Wonderful*. Honesdale, PA: Boyds Mills Press, 2012.

Sill, Cathryn. *About Marine Mammals: A Guide for Children*. Atlanta, GA: Peachtree Publishers, 2016.

Sitios web

Debido a la naturaleza cambiante de los enlaces de internet, Rosen Publishing ha desarrollado una lista en línea de sitios web relacionados con el tema de este libro. Este sitio se actualiza regularmente. Utiliza el siguiente enlace para acceder a la lista:

http://www.rosenlinks.com/LFO/mammal

ÍNDICE